레몬청 만드는 법

레몬청 만드는 법은 생각보다 간단하다. 먼저 레몬을 얇게 썬다. 유리병 속에 레몬 조각을 한 층 깐다. 그 위에 설탕을 얇게 덮는다. 다시 레몬 조각을 한 층 깐다. 설탕으로 덮는다. 레몬 조각 한 층, 설탕 한 층, 레몬 조각 한 층, 설탕 한 층. 이렇게 반복한다. 병이 거의 채워지면 마지막으로 설탕을 듬뿍 붓는다. 빈 공간을 조금 남기고 뚜껑을 닫는다. 하루 실온에 두었다가 냉장고에 넣는다. 내가 갑자기 레몬청을 만들고 있자 어머니는 매실청, 오미자청도 똑같이 만든다고 말씀하셨다. 만들고 나서 최소한 사흘 동안 병을 열지 않고 기다린다. 일주일이 지났을 때 맛이 제일 좋지만, 날짜를 너무 따질 것 없이 언제 마셔도 시기마다 특유의 맛이 난다.

레몬청을 처음 만들어 본 것은 태국 식당에서 아르바이트할 때였다. 캠퍼스 북동쪽 가장자리에는 작은 가게들이 늘어서 있었다. 복사제본집, 분식집, 햄버거 가게, 커피숍, 문구점을 지나면 마지막이 태국 식당이었다. 하나같이 비좁고 허름한 가게들이었다. 지금은 서울 시내 번화가마다 화려한 간판과 광택이 번득이는 현대식 인테리어를 자랑하는 태국 레스토랑에서 멋들어지게 세팅한 요리를 내놓지만, 내가 일했던 자스민은 그런 곳과는 거리가 멀었다. 문을 열고 들어서면 주먹밥과 콜라 따위가 진열된 좁고 기다란 카운터가 먼저 보였고, 초등학교 교실처럼 오밀조밀 놓인 식탁과 의자 뒤로 주방 입구까지 한눈에 들어왔다. 벽은 아주 연한 연두색이었는데, 페인트가 긁힌 자국이나 거무스름한 얼룩 때문에 아픈 사람의 누렇게 뜬 얼굴 같았다. 화장실 문에는 '손을 깨끗이 씻으세요.'라고 적혀 있었다. 화장실 안은 주인아저씨가 하루에도 몇 번씩 청소해서 늘 깨끗했다. 하얀 벽에는 에펠탑을 그린 수채화가 걸려 있었고 플라스틱 통에 담긴 물비누에서 풀 냄새가 은은하게 풍겼다.

처음에는 평일 저녁에 일했다. 카운터 안쪽에서 주문을 받으면서 커다란 전기밥솥 두 개, 각각 태국식 커피와 태국식 홍차가 담긴 보온통 두 개를 관리했다. 고기 혹은 채소 요리가 준비되면 주방에서 가져와 나풀거리는 자스민쌀밥을 퍼서 얹었다. 밥솥이 바닥을 드러내기 시작하면 남은 밥을 그릇에 옮기고 쌀을 안쳤다. 보온통이 비면 주방에 가져가고 채워져 있는 통을 들고 나왔다. 주인아저씨는 음료를 정성껏 만들었다. 태국식이라고 단순히 연유와 설탕만 넣은 게 아니라, 적은 양이지만 별처럼 생긴 나무 열매를 비롯하여 이름을 알 수 없는 여러 가지 향신료를 넣고 끓였다. 음료 만들기와 화장실 청소를 각별하게 생각하는 주인아저씨는 점잖고 조용한 분이었다. 아저씨의 우리말이 서툴러서 대화를 깊이 나누지는 못했으나, 나도 왠지 차분하고 조용한 분위기로 계산대를 지키고 싶어졌다. 외국어에 호기심이 없지 않았던 나는 곧 간단한 태국어 인사말을 익혔고, 각 메뉴를 어떻게 발음하는지 아저씨에게 배웠다. 아쉽게도 배운 태국어를 활용할 기회는 많지 않았다. 동남아시아 유학생들은 드물게 왔다. 그들은 식사할 때 음료를 주문하지 않고 정수기에서 물을 받아 마셨다. 식당에서 가까운 캠퍼스 북동쪽에는 공대와 정밀설계연구소, 과학공동기기원 같은 연구소들이 있었다. 저녁에 오는 손님은 주로 대학원생과 연구원이었다. 한식이 아닌지라 이틀이 멀다 하고 오는 정도는 아니어도 일주일에 한두 번씩 보이는 단골들이 있었다. 그들도 절반 이상은 식사하면서 음료를 따로 주문하지 않았다. 음식 맛이 좋았던지 작고 허름한 식당에 어울리지 않게 양복 입은 교수나 서양인도 가끔 왔다. 그들은 꼭 음료를 함께 주문했다. 손님 중에 나를 아는 사람이 없어서 일하기 편했다. 내가 다닌 인문대는 정반대 방향인 캠퍼스 남서쪽 끝에 있었다. 아르바이트를 시작하자마자 과 친구들이 와서 먹어보고는 맛있다고 했

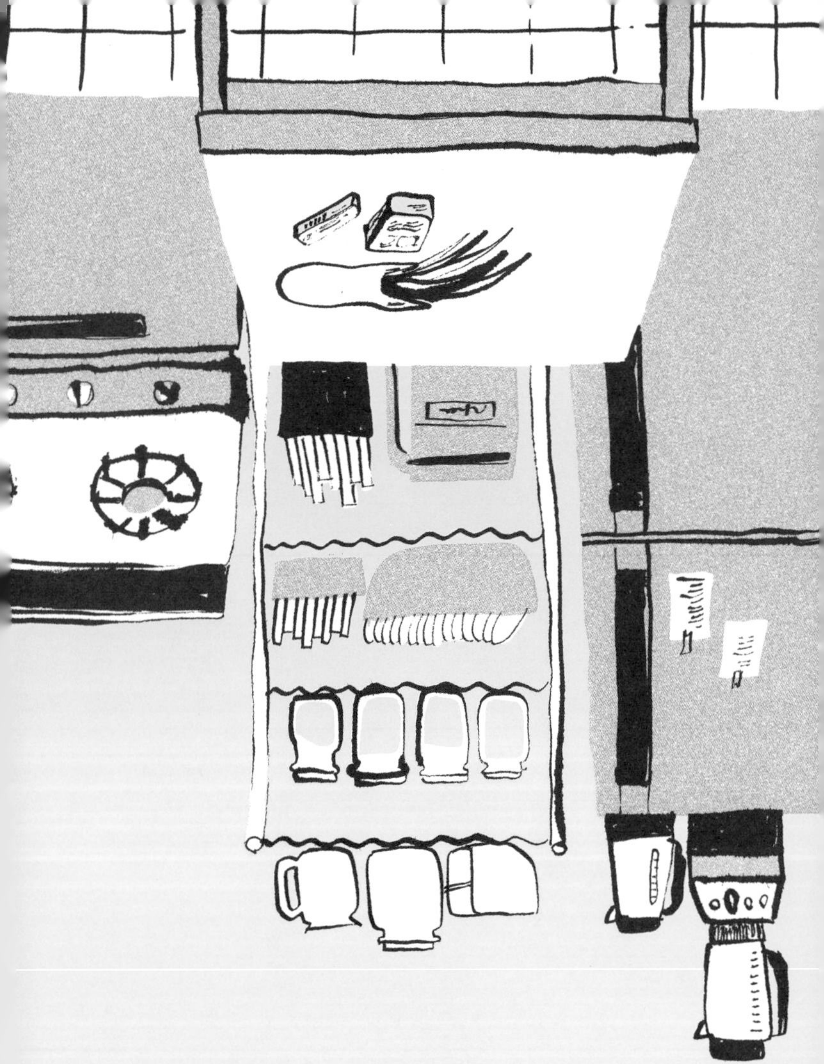

지만, 오는 길이 너무 먼 데다가 가파른 오르막길을 올라야 했다. 인문대 주변에는 학생 식당이 두 군데나 있었고 조금만 걸으면 시내로 이어지는 길이 나와서 갈 만한 식당이 아주 많았다.

한 달째에 접어들자 몇몇 손님의 얼굴이 눈에 익었다. 손님들도 내가 카운터를 지키는 데 익숙해졌는지 한마디씩 던지기 시작했다. "날이 덥죠?" "커피 맛이 좋아요." 제자들을 데리고 온 어느 교수는 안쓰럽다는 듯이 말했다. "학생은 살 좀 찌워야겠어." 매번 같은 메뉴를 시키는 손님들이 입을 열기 전에 "새우팟타이, 테이크아웃입니까?"라고 말하면 그들은 미소를 지었다.

내가 그렇게 먼저 말을 건넸을 때 유독 어색한 반응을 보인 사람이 한 명 있었다. "바질치킨볶음밥, 여기서 드실 거죠?"라고 내가 말하자 그 남자는 주문을 하려고 벌린 입을 다물지 못한 채 머리를 긁적였다. 동행한 여자가 킥킥 웃었다. 남자는 기분이 나빠 보이지도 흐뭇해 보이지도 않았다. 그는 고개를 들어 메뉴판을 잠깐 보더니 소고기납작볶음면을 주문했다. 그들은 일주일에 두 번 와서 저녁을 먹었다. 언제나 주문을 받는 내 얼굴을 알고 있었을 것이다. 그러나 다른 단골손님과 달리 그들은 친근하게 굴지 않고 필요한 말만 했다. 특히 여자는 꼭 입을 열어야 할 때 말고는 내 눈을 똑바로 바라보며 보일 듯 말 듯한 웃음으로 답하곤 했다.

내가 그 커플을 처음 본 날이 아마 그들이 자스민에 처음 와 본 날이었을 것이다. 그들은 메뉴판을 다른 사람보다 훨씬 오래 살펴보았다. 남자는 왼쪽에서 오른쪽으로 차례대로 읽었고, 여자의 눈은 위아래 좌우로 구르면서 사방을 헤집었다. 진열장에 놓인 주먹밥과 코코넛 주스 캔을 보다가, 내 머리 위의 메뉴판을 보다가, 턱을 치켜들어 천장도 보다가, 계산대 옆에 진열한 태국산 홍차 티

백을 보았다. 남자는 바질치킨볶음밥, 여자는 두부팟타이를 시켰다. 물컵을 들고 자리에 앉은 여자는 미대 벽화 동아리 학생들이 벽에 그려 준 커다란 해바라기와 말리화를 손가락으로 가리켰다.

그 커플은 대학원생 같았다. 일요일에도 일하기 시작하면서 나는 그들을 더 자주 보게 되었다. 그들은 가방 없이 지갑만 들고 왔다. 남자 혼자 와서 먹거나, 여자 혼자 와서 2인분을 포장해 가기도 했다. 보통은 둘이 함께 왔는데 여자는 주문하지 않고 남자 앞에 앉아서 책을 읽거나 남자가 먹는 모습을 바라보는 날이 더 많았다. 평일에는 여섯 시 반쯤에 왔다. 일요일에는 다섯 시에 와서 차를 마시며 대화를 했다. 남자는 태국식 홍차, 여자는 레몬차를 마셨다. 남자는 별로 말이 없었고 여자가 낮고 차분한 목소리로 조곤조곤 이야기했다. 종종 여자의 웃음소리가 울렸다. 그러고 나서 저녁을 먹었다.

한 달가량 여자가 보이지 않고 남자 혼자 일주일에 두세 번 와서 2인분을 포장해 갔다. 두부팟타이와 바질치킨볶음밥, 늘 같은 메뉴였다. 다시 나타난 날 여자는 예전과 똑같이 웃었지만, 다리를 절고 있었다. 그때부터 여자가 주문하지 않는 날보다 같이 먹는 날이 더 많아졌다.

그러던 어느 일요일이었다. 몇 달이 지나 자세히 보지 않으면 여자가 다리를 저는지 모를 정도로 나아져 있었다. 한 시밖에 안 되었는데 그녀가 혼자서 들어왔다. 일요일에 문을 여는 식당이 많지 않아 사람이 몰리는 시간대였다. 주문해 놓고 기다리는 사람도 많았고, 커피를 담은 보온통이 비었다. 그녀에게 기다려 달라고 했다. 다시 계산대 앞에 섰을 때 그녀는 충혈된 눈으로 나를 바라보았다. 보면서도 보지 않는 것처럼 텅 빈 표정이었다. 그녀는 천천히 손을 들어 레몬청이 담긴 유리병을 가리켰다.

“저거 병으로 파나요?”

“음, 잘 모르겠는데요. 주인아저씨가 오늘 안 계셔서…….”

“한 병 주세요.”

나는 주방에 가서 일을 도우러 온 주인아저씨 친구분과 의논하고 돌아왔다. 한 병을 꺼내 주면서 다 마시고 나서 잔으로 계산하자고 했다. 그녀가 고개를 끄덕였다. 나는 병을 열어 레몬청 세 숟갈을 머그컵에 담고 끓는 물을 부었다. 머그컵과 유리병과 찻숟가락을 쟁반에 담아 그녀에게 주었다. 손님 여섯 명에게 제각기 다른 메뉴를 추천해 주고 나서, 그녀 옆을 지나가다가 차를 다 마신 것을 보았다. 주전자를 가져와 머그컵에 물을 채웠다. 그녀는 손에 책을 쥐고 있었지만 어깨가 들썩이고 있었다. 점심 손님들이 차차 떠났다. 나는 주방에 가서 설거지를 도왔다. 카운터로 가는 길에

보니 다시 머그컵이 비어 있었다. 책은 보이지 않고 머그컵 옆에 잡지가 펼쳐져 있었다. 커다란 주전자에 물을 끓여 머그컵 옆에 가져다 놓았다. 다 우려낸 레몬청을 버릴 플라스틱 통도 주었다. 카운터를 정리하고 의자에 앉아 교과서를 읽었다.

젊은 커플이 와서 커피 두 잔을 사 갔다. 나는 주전자에 물을 두 번 더 끓여서 그녀에게 주었다. 카운터 뒤에 앉아 쉬는 동안 그녀가 가방 속을 뒤적이는 소리, 책을 가방에 넣었다가 빼는 소리, 종이 위에서 펜을 놀리는 소리, 종이 구기는 소리 따위가 들려왔다. 점심과 저녁 사이의 짧은 평화가 지나갔다. 주방에서 인기척이 났다. 네 시 반이었다. 그때까지도 그녀는 혼자였다. 두꺼운 책을 식탁에 대고 그 위로 몸을 한껏 구부리고 있었다. 책을 읽고 있는지, 졸고 있는지, 울고 있는지 카운터에서는 보이지 않았다.

밥솥에 조금 남은 밥을 그릇에 옮기고 솥을 씻었다. 다섯 시가 되자 손님이 하나둘 들어왔다. 인도 유학생들이 메뉴판 앞에 섰다. 그들이 자리에 앉고 나서 그녀가 다가왔다.

"열세 잔이요."

환청을 들은 줄 알았다. 목소리가 달라도 너무 달랐다. 그녀가 다시 입을 열었다.

"열세 잔."

나는 그녀에게 거스름돈을 건넸다. 유리병은 거의 비어 있었고 플라스틱 통에는 잘근잘근 씹었는지 형체를 알아볼 수 없는 레몬 조각들이 담겨 있었다. 병에 조금 남은 레몬청을 덜어 차를 한 잔 탔다. 전화벨이 울렸고 사람들이 들어왔다. 주방에서 요리가 담긴 접시를 가져와 밥을 푸는 사이사이에 그 레몬차를 조금씩 마셨다.

그다음 일요일에 주인아저씨가 레몬청 만드는 법을 가르쳐 주셨다. 나는 레몬을 썰다 말고 사분의 일쯤 되는 조각을 그대로 입에 넣었다. 시고 씁쓸한 과즙이 혀에 닿았다. 코를 막고 레몬 조각에 이를 깊이 박아 보았다. 강렬한 신맛에 입 안이 아렸다. 시큼한 향이 피부에서 스며 나오는 기분이었다. 레몬차를 마실 때에는 달달한 설탕이 레몬의 신맛을 가린다. 그렇지만 음미하다 보면 문득 날카로운 신맛이 혀를 찌른다.

그 커플이 다시 자스민에 갔는지 알 수 없다. 곧 새 학기가 시작되면서 아르바이트를 그만두었기 때문이다. 아저씨가 자주 놀러 오라고 했지만 몇 번 가지 못했다. 지금도 레몬차를 타 마실 때면 자스민이 떠오른다. 그녀에게 레몬청 만드는 법을 가르쳐 주고 싶었다는 사실도.

LEMON TEA

I was slicing lemons for the first time when my cell phone rang. The Thai eatery was crowded and many people complained the lack of lemon tea. Mr. Thongkham taught me how to make it. It was much simpler than I had thought: one layer of sugar, one layer of sliced lemon, another layer of sugar, and another layer of lemon. Then wait for at least three days. Lemon tea made this way reaches its peak after one week, but the difference in flavor is subtle, and there is a certain appeal at every stage of its life. I was told to make three jars that day.

After talking to my mother on the phone, I put a quarter-piece of lemon into my mouth, raw, without sugar. The sour juice touched my tongue. I held my breath and squished it in one long bite. It was sour to the point of torment. I couldn't decide whether the liquid was in my mouth or in my eyes.

I worked part-time at a Thai eatery. Uphill, adjacent to the east side of the campus was a small block filled with shops on both sides of the street. I would walk past an electronic shop, a Korean eatery, a burger place, a sandwich place, a café, a flower shop, and a provision store, and reach the end of the block where the Thai eatery was. The first time I was there, a piece of paper was stuck on its shabby window.

It said "Need Help," and under that "M-F 6-8."

The entrance of the eatery was small, but as I stepped in I saw the long and narrow space from the counter through tables and chairs all the way to the kitchen. A large window on the ceiling dropped remnants of disappearing sunlight. There was a restroom with the sign: "Employees must wash hands." Two watercolor prints of Paris hung on the bathroom wall, and the liquid soap gave off a mild and pleasant scent of grass. Jasmine, which prided in its selection of vegan food offered alongside meat dishes, was not what it looked like from outside.

The counter was huge, because lunch specials were placed there during lunch time. I had to manage two rice cookers and a coffee pot, and brew tea when ordered. When a rice-dish was ready, I scooped rice onto a dish, and ran to the kitchen for the main item. I cleaned small appliances during my shift, in addition to helping the kitchen whenever possible, and that kept me busy. Thai food was pretty popular here, I thought. That was probably true, but then the twenty chairs in the shop were never full. It sold cheap food in moderate portions, self-served. Most customers were students but professors showed up from time to time. In any case, I didn't know any of them. The campus was too large, and my school-life was confined to a small corner of it. Some friends who dropped by during my first week said that they liked the food, but I understood that there were plenty of choices down on the west side, near the dorms.

The location of Jasmine, although removed from my comfort zone, kept me merry during work. For some reason, I didn't want anyone to know that I was a student. The moment I came up with the idea of working part-time, I have to admit that it was disconcerting at the same time. Never would I have imagined myself in an apron, serving food and beverages to other people, if I had stayed in my country. But here manual labor was not looked down upon. People began to talk to me, as soon as they got used to my presence, as if I were a friend. "What else is good here?" "Nice weather. Busy day?" "The noodle soup was just great. What's in it?" An old lady told me that I should gain some weight. I was quick to catch those who always ordered the same thing. They seemed amused when I said, "Pad thai to go?" before they did.

I remember one person who was slightly taken aback when I said before him, "Basil fried rice with chicken?" The girl next to him giggled. He didn't seem offended but neither was he amused. The girl said, "I'll have basil fried rice." He looked at the menu above my head for a while, and ordered something else. They often came for dinner, and I was sure they knew me as I knew them, through saying hi and goodbye. Unlike other regulars, they only spoke what was necessary without feigned friendliness. The girl would not even say a word but merely acknowledge me with her smile.

They were together the first time I saw them. It probably was their first time at Jasmine as well. They studied the menu for a long time. While he held his chin up and read from left to right, her eyes were bouncing all over the place. She looked at the pork-rice-buns leftover from lunch, tea bags displayed on the shelf, and the fridge with a transparent door, filled with a handful of Thai beverages next to Coke, Sprite and Snapples. He ordered basil fried rice and she pad thai jay. I saw her raising a finger to the window on the ceiling, and then pointing at the giant sunflower painted against the lime-green wall.

I gathered they were graduate students.

After starting to work on Sundays, I saw them more often, and they rarely carried backpacks. It seemed that they were not married, because sometimes he paid and at other times she did. There were days when he came alone and ate or took his food out. Sometimes she came alone and ordered two dishes to go. Or they came together and ate together. Most often, they were together, but the girl would not eat; she read a book or stared at him while he ate. On Sunday afternoons, they came for tea and talked to each other in a language I did not know. He didn't open his mouth very often. Her voice was low and calm. Only her laughter vibrated the air so much to be heard. She always had lemon tea, the shop's specialty although not Thai. He had black tea with milk. But when they came to eat, they drank only water.

Once, a month passed without her showing up. He would come in nearly every other day and order two dishes to go: pad thai and basil fried rice. The next time I saw her, she smiled all the same to me, but I noticed her limping. Even on the days she didn't eat, she would still come with him, dragging her left foot. Then she started eating in the shop more often than not.

One Sunday, after her gait almost came back to normal, she came to the shop quite early in the afternoon. There were people waiting for lunch, and right then I needed to wash one of the rice cookers and fill it with new rice before doing anything else. I told her I'd be with her in a minute. She seemed to be daydreaming when I stood at the register and said, "What would you like?" She looked at me, but her eyes were blank. Slowly, her hand pointed at the glass jar packed with lemon slices. "Do you sell those by the jar?" "Umm, I don't know," I said, "I'd ask, but Mr. Thongkham is away this weekend."

"I'd like to have one jar." Not sure what to do, I gave her the jar and said we would count how many cups she drank. She agreed. I put three sugar-soaked slices of lemon into a mug, poured boiling water over it, and gave it to her with the jar and a teaspoon. A moment later, exhausted after talking to a group of six that wanted me to recommend a different dish for each person, I passed by her and saw that the tea was gone. I poured more boiling water into the mug. She held a book in her hand, but her gaze was restless. The lunch crowd disappeared one by one. I went to the kitchen to help cleaning. On my way back to the counter, the mug was empty again. A magazine was spread out on her table. I placed the largest pot in the shop full of hot water next to her mug. I also gave her an empty bowl to dispose the lemon after use. I cleaned up the counter and sat on a stool to read my textbook.

A young couple came to take out two cups of Thai coffee. I refilled her pot of boiling water twice. Between my pages, I could hear her sorting through her bag, putting in a book and taking out another, now crumbling paper, now writing. The friction between pencil and paper created the sound of chewing an apple, only softer. Other than that, it was a short-lived peace between lunch and dinner. The kitchen started to come alive, and as the five chimes of the clock tower registered in my head, I was a little alarmed. She was still there, alone. I looked at her poring over a thick paperback. From my position, I couldn't tell if she were reading, or dozing off, or crying. I moved the leftover rice into a microwaveable bowl, covered it with a plate, and washed the rice cooker. Soon, the telephone was ringing and I took orders, one after another. Two old men and a lady came in and studied the menu. After they sat down, she came to the register. "Thirteen cups?" For a moment I couldn't believe it was her voice, because it seemed so different. "Thirteen?" I nodded and handed her the change. Before stepping out of the shop, she said, "The lemon tea is really good." The glass jar was almost empty, and the mug was filled with disfigured pieces of lemon. She probably nibbled on them. I quickly made myself a small cup of tea from what was left in the jar. The telephone rang and people walked in. I sipped the lemon tea between bursts of rice-scooping, and tried to figure out what it was like, really, besides tasting good.

Her jar was the last in stock. The next day, after making three jars, I left to attend family emergency. When I came back, Mr. Thongkham was holding my place, but an offer letter for a tutor job on campus was waiting for me. I rarely went to that tiny block on the east side of the campus before I graduated, and I never saw the couple again.

Whenever things get hard for me, I make myself a cup of lemon tea. Lemon tea tastes just like lemon without its sharp acidity. Still, you catch glimpses of the acidity here and there, obscured by the sweetness of sugar. I felt I was drinking pain, a suffering which was not my own. At the same time it somehow dissolved the lumps of grief inside me.

I did not know why she was alone that afternoon, drinking thirteen cups of hot lemon tea. I ask myself what made her do that. I sometimes wish I was given a chance to show her my pain, so that she could part with hers, if only for a trifle of moment. Without any details, at the mention of lemon tea, I know she would have understood.

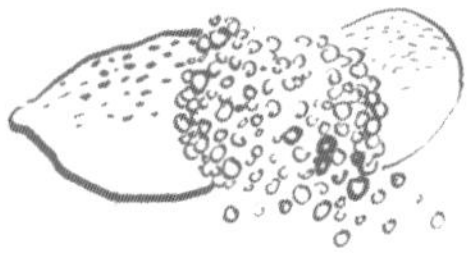

핑거라임

나를 찾아오는 사람들은 약물 치료, 인지 치료, 미술 치료, 언어 치료, 음악 치료를 두루 거치고도 차도가 없어서 상담사의 권유로 핑거라임 요법 시술을 받으러 온다. 시술을 할 때에는 먼저 의뢰인을 긴 의자에 눕히고 눈을 가린다. 의자에 설치된 헬멧을 씌워 머리를 고정한다. 태아 시절에 들었던 어머니의 심장 박동 소리와 비슷해서 마음을 편안하게 해 주는 바로크 음악을 작게 튼다. 그리고 차분한 목소리로 의뢰인에게 핑거라임 요법을 설명한다. 핑거라임의 학명은 '시트러스 오스트랄라시카'. 레몬, 라임, 귤, 유자처럼 운향과에 속하는 호주의 토착 식물이다. 손가락처럼 길쭉해서 핑거라임이라고 부른다. 보통 사람의 손가락보다는 통통하고 약간 휘어져 작은 가지를 닮았다. 껍질은 얇고 알맹이는 귤의 속 알맹이보다 크고 둥글며 탱탱하여 '라임계의 캐비어'라는 별명이 붙었다. 핑거라임 요법이란 핑거라임 알맹이를 입에 털

어 넣고 씹게 하는 것이다. 일단 입에 넣고 나면 턱 보조기를 착용시켜 뱉을 수 없게 한다.

성분 중에서 신맛을 내는 시트르산의 양을 백 배, 쓴맛을 내는 헤스페리딘의 양을 오십 배 강화한 개량종 핑거라임을 사용한다. 핑거라임 과즙을 맛본 의뢰인은 눈물을 흘리기도 하고 입을 다문 채 비명을 지르기도 한다. 발버둥 치고 머리를 흔들어대는 경우가 많기 때문에 의뢰인의 안전을 위해 머리를 고정하는 것이다. 모두들 치과에 온 것처럼 괴로워하지만 효과가 좋다. 상담만 오래 받아서 떨어진 긴장감을 회복시키는 일종의 충격 요법으로 동료들과 함께 핑거라임 요법을 생각해 냈다. 전기충격 요법을 공부한 적이 있는 내가 시행을 맡았다. 나는 상담 일정을 조정하여 매주 월요일에는 동료들이 보낸 내담자를 상대로 핑거라임 요법만 시행한다. 일주일 간격으로 두 번만 받고 나면 상담 효율이 눈에 띄게 높아진다고 동료들은 전한다. 그러나 효과의 지속력은 상담과 마찬가지로 개인차가 크다.

공정성을 지키기 위해 내가 상담하는 내담자에게는 핑거라임 요법을 시행하지 않는다. 동료들이 보내는 의뢰인과는 절대로 상담을 하지 않는다. 내가 하는 일은 나를 찾아온 사람에게 핑거라임을 주는 것뿐이다. 핑거라임 요법 시술을 받는 동안에는 상담을 할 수 없고 꼭 필요한 말만 주고받아야 한다고 동료들이 미리 당부해 놓는다. 물론 의뢰인이 불편해하지 않도록 정중하게 대한다. 속마음을 터놓으려는 시도는 전문가로서 단호히 가로막는다.

핑거라임 요법은 과일을 먹는 것일 뿐이므로 건강을 해칠 우려가 없다. 이백 년 전 유럽인이 호주에 처음 갔을 때 핑거라임은 이미 원주민들이 즐겨 먹는 과일이었다. 문제는 핑거라임 요법 시술을 받고 나면 정신적 의존성이 생긴다는 점이다. 니코틴이나 아편처럼 갑자기 끊었을 때 식은땀이 나거나 온몸이 아픈 육체적 증상은 없지만, 불안하고 초조해지면서 핑거라임을 딱 하나만 더 먹으면 모든 일이 해결될 것만 같은 착각에 빠진다. 핑

거라임을 씹는 순간에 느낀 고도의 해방감, 평상시의 고통에서 잠시 벗어났던 감각을 잊을 수 없기 때문이다. 이렇게 되면 치료 과정 전체에 적신호가 켜진다. 핑거라임에 익숙해지면 보다 큰 자극, 보다 큰 고통이 필요해지고, 근본 원인을 고스란히 남긴 상태로 문제를 덮어 버리는 악순환의 고리만 굳어진다. 우리의 의도는 일시적인 충격을 주는 것이지, 도피성 짙은 방어 기제를 제공하는 것이 아니다.

하긴 까놓고 보면 인간 세상에 임시방편 아닌 것이 없고 악순환 아닌 일도 없다. 직접적 원인이 밝혀지지 않아서 대증 요법으로 일관하는 질병이 얼마나 많은지는 의사들만 안다. 상담만 해도 근본 원인을 뿌리 뽑으려고 노력은 하지만 상담 자체가 장기적으로 얼마나 근본적인 효과가 있는지 나는 확신하지 못한다. 인간은 세상을 대하는 태도를 어디까지 바꿀 수 있을까? 삶의 방식이 자신을 괴롭게 한다고 해도 그걸 바꾸는 게 반드시 옳은 길일까? 무엇을 성공적인 상담 사례라고 볼 것

인가? 상담 내용을 적극적으로 받아들이고 지침으로 삼아 행동하는 사람? 상담 내용에서 도움이 되는 것만 취하는 사람? 아무리 객관성을 추구한다 해도 어쩔 수 없이 더해지는 상담사의 개인적 취향과 가치관과 편견을 배제하는 사람? 그게 가능하기나 할까? 상담사도, 내담자도 인간일 뿐인데 말이다.

이런 의구심을 내려놓고 단순하게 생각하면, 상담이란 그저 마음의 짐을 조금 덜어 주는 미약한 손길이 아닐까. 그러니 상담으로 문제가 해결되지 않더라도 상담사만의 탓은 아니다. 핑거라임 요법 시술을 받고도 문제가 해결되지 않은 사람들은 공식적인 치료에 염증을 느끼고 아로마테라피 센터, 동종 요법 센터, 명상원, 점집, 신흥 종교 단체를 전전한다. 나라도 그러겠다.

핑거라임 요법은 한 사람당 1년 이내에 5회 이상 시행하지 않기로 정해 놓았다. 아직 소규모로 연구하는 단계라서 동료들끼리 사비를 모아 영국 왕실에 납품하던 유서 깊은 농장에서 특수 재

배한 개량종을 비싼 가격에 구입했기 때문만은 아니다. 적절한 투여 빈도와 한도는 후속 연구를 통해 결정될 것이다. 핑거라임을 더 달라고 찾아오는 사람이 하도 많아서 사무실 문을 항상 잠그고 정확한 예약 시간에만 비서의 확인을 거쳐 문을 열어 준다. 그런데 방금 오늘의 마지막 의뢰인을 돌려보내고 방심한 사이에 한 남자가 벌컥 들어온다.

최근에 핑거라임 요법 시술을 받은 삼십 대 중반의 실어증 환자다. 그는 선 채로 두 손을 현란하게 휘저으며 자기 사연을 쏟아 내기 시작한다. 나는 상담은 담당 상담사에게 하게 되어 있다고, 돌아가 달라고 말한다. 그가 폭력 성향을 보이지 않기에 어깨에 손을 올리고 등을 문 쪽으로 지그시 밀어 본다. 그 와중에 자꾸 그의 손에 눈길이 간다. 외면하려 해도 그가 손으로 말하는 내용이 텔레비전 화면의 자막처럼 생생하게 다가온다. '저번에는 제 수화를 알아들으셨잖아요?' 갑자기 말문이 막힌다. 사실 그가 소리를 듣지 못하기 때문에 내 녹슨 수화 실력으로 주의 사항을 전달한 것

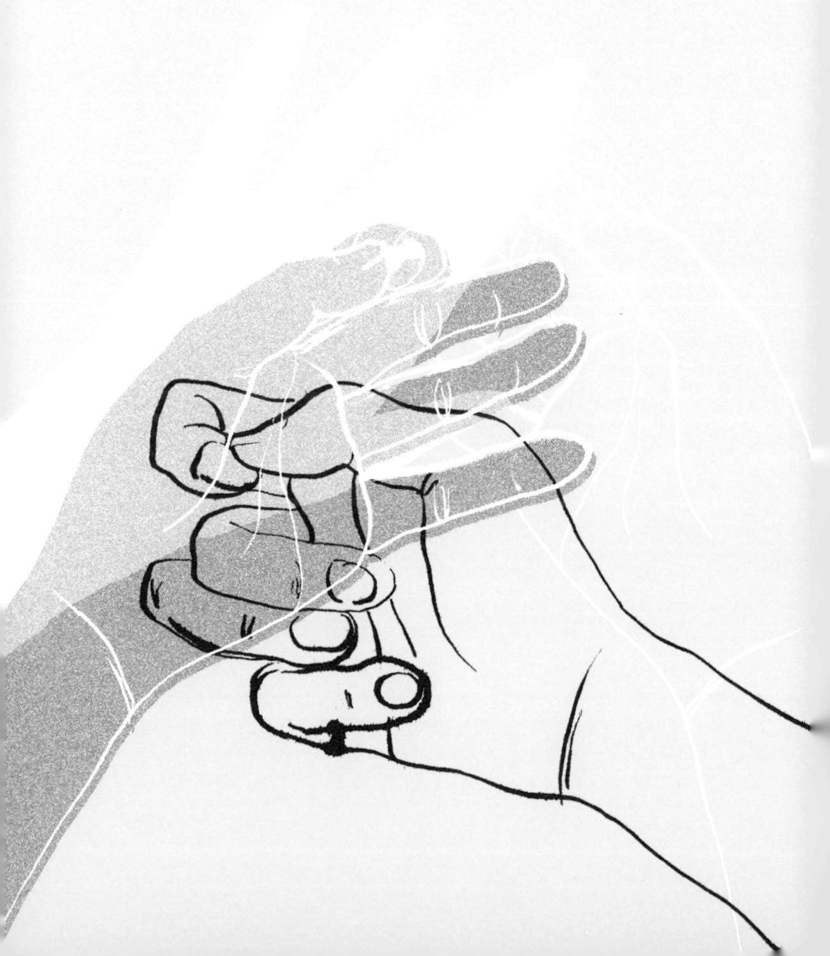

도 기억하고 있다. 나는 반쯤 체념하여 그를 긴 의자에 앉히고 그의 손을 주시한다.

'너무 시끄러웠어요. 세상이 소리로 가득 차 있었죠. 버스를 타면 엔진 소리, 가속 페달 밟는 소리, 떠드는 소리, 통화하는 소리, 이어폰에서 흘러나오는 째지는 유행가 가락, 정말 싫었어요. 사무실에 앉아 있으면 컴퓨터 자판 치는 소리, 후루룩 커피 마시는 소리, 볼펜 딸깍거리는 소리, 구두 소리, 직장 동료들의 의례적인 인사와 농담 따위가 들려왔죠. 어쩌면 너무나도 일상적인 그런 소리들, 무시하면 그만일지 모르죠. 하지만 제 머리로는 도저히 이해가 안 가요. 다른 사람들은 정말 안 거슬리는 건지. 의미 없는 소리들. 카페에서 한 사람이 목소리를 높이면 모두의 목소리가 커지죠. 타인에게 질 수 없다는 안간힘. 주목받으려는 비

굴함. 어떻게 들릴지 계산하고 연출한 대화. 모르는 사람까지도 다 들으라고 내지르는 말들.

그런 소리들이 귓속으로 들어오는 게 괴로웠어요. 귀에 왁스를 부어 말끔히 막아 버리고 싶을 지경이었죠. 스펀지 귀마개, 실리콘 귀마개, 심지어는 산업 현장용 귀마개도 끼워 봤지만 소리가 완전히 차단되는 건 없었어요. 특히 쉴 새 없이 휴대폰으로 영상을 보는 족속들 때문에요. 버스나 지하철을 타면 최대 볼륨으로 틀어 놓은 사람이 꼭 한 명씩 있어서……'

소리에 대한 인간의 반응은 다양하다. 먼저 잠시라도 조용해지면 불안해하는 사람들이 있다. 그들은 이어폰을 귀에 꽂고 산다. 텔레비전 전원을 끄는 법이 없고, 잘 때도 소리만 줄이고 줄곧 켜 둔다. 주변 공간에 소리를 채워 넣으려 한다. 어딘가 휑한 느낌, 그러니까 공허감을 견딜 수가 없기 때문이다. 원래 있던 것이 없어져서, 또는 그대로

있는데 만족하지 못하고 새로운 것을 원해서 그럴 수 있다. 아니면 대면하고 싶지 않은 무언가를 외면하기 위해 그 자리에 소리를 채워 넣는 것일 수도 있다. 음악을 최대 볼륨으로 틀고 다니는 사람들은 음악으로 장막을 친다. 클럽 같은 곳에서 고막을 상하게 할 정도로 요란한 음악 소리에 몸을 맡긴다. 그 속에서 잠시 자신을 잊는다.

반면에 소리가 들리는 상태를 되도록 피하려는 사람들이 있다. 소리가 나면 대상을 알 수 없는 공포가 밀려오거나 마음이 불편해진다. 작은 소리도 소음으로 들린다. 그들은 어떤 이유에선지 사방이 조용해야 긴장이 풀리고 편안해지는데, 그런 편안한 상태를 소리가 위협한다고 여긴다. 마음의 평화에 집착하느라 청각이 예민해져서 그 평화를 쉽게 얻지 못한다.

항상 그렇지는 않지만, 위의 모든 경우에 과거의 경험이 결정적인 영향을 주었을 수 있다.

생각나는 내담자가 있다. 체격은 작지만 눈썹이 짙고 목소리가 커서 강인한 인상을 주는 젊은 여인이었다. 그녀는 목소리가 크면 이긴다는 말을 곧이곧대로 믿었다. 어디서나 큰 소리로 솔직하게 말해야 자신의 의견을 분명히 전달할 수 있다는 원칙을 고수했다. 그래서 장례식장이나 연주회장에서 분위기를 흐린다고, 학부모와 교사가 만나는 자리에서 혼자서 나댄다고 눈총을 많이 받았다. 하지만 그런 것이 그녀에게 고민이 되지는 않았다. 그때까지 그녀는 큰 소리로 말하는 버릇으로 잃은 것보다 얻은 것이 훨씬 많았고, 위기에 몰렸을 때 가족을 보호할 수 있었던 것이다. 오히려 말수가 적은 사람이나 목소리가 작은 사람을 답답하게 여겼다. 그녀가 나를 찾아온 것은 아홉 살 난 아들 때문이었다. 어느 날, 그녀는 아이가 곰 인형, 공룡 인형, 건담 등 장난감을 전부 꺼내서 한 줄로 늘어놓는 것을 보았다. 아이는 한 인형에게 다가가 귀에 대고 뭐라고 속삭이고 내려놓았다. 그리고 그 옆에 있는 인형에게도 같은 행동을 되풀이했다. 그

녀는 이상하다는 생각이 들어서 평소처럼 말부터 건네지 않고 슬그머니 뒤로 다가갔다. 아이가 인형의 귀에 대고 말하고 있었다.

"조용히 해."

가만, 퇴근 시간도 지났고, 내 담당도 아니고, 조금 달래서 보내면 그만인데 나도 모르게 의뢰인의 문제에 몰두하고 말았다.

나는 하던 생각을 애써 떨쳐 버리고 관자놀이를 문지르며 다시 그의 손을 바라본다.

'…… 어느 박람회에서 이 귀마개를 발견했어요. 이거요, 보이죠? 여분으로 사 둔 게 지금 귀에 꽂은 것 말고 딱 한 쌍 남았어요. 노이즈 캔슬링 이어폰의 원리를 이용해서 방음 성능을 대폭 강화했죠. 이 귀마개는 정말로 소리를 죽여요.

이걸 쓰고부터 회사에서 집중이 무척 잘됐어요. 처음에는 아는 척도 들은 척도 안 한다고 혼났지만 실적이 너무 좋았기에 얼마 지나지 않아 일 잘한다고 소문이 났어요. 일 관련해서는 어차피 사내 메신저와 이메일을 주로 쓰고 있었고요. 부장님이 월례 회의 때 다들 귀마개를 꽂으라고 권하기도 했죠. 버스에서도 거리에서도 소리 때문

에 스트레스 받을 일이 없었어요.

그렇게 이 년쯤 지났나, 집에 혼자 있는데 귀마개에서 소리가 나는 거예요. 이건 이어폰이 아니라 귀마개인데! 귀마개를 빼면 소리가 나지 않고 끼면 소리가 났어요. 그런데 그 내용 때문에 도저히 귀마개를 뺄 수가 없었어요. "나는 두 번 버려졌다가 살아났단다. 태어나자마자 너무 약해서 살 가망이 없단 얘길 듣고 싸늘한 윗목에 내버려 두었는데, 하루를 넘기지 못할 것이라던 내가 이틀이 지나도 빽빽 우니까 젖을 먹였지. 그리고 굳세게 크라고 금순이라고 불렀어. 두 번째는……" 처음 듣는 얘기였지만, 이건 분명 우리 어머니 얘기였어요. 이상하게 이모들과 외삼촌들 모두 키가 큰데 어머니만 왜소했거든요. 그리고 우리 어머니만 이름 대신에 금순이라고 부르곤 했어요. 돌아가신 어머니가 제게 말을 하는 거였어요. 저는 입을 벌렸지만 입에서 아무 말도 나오지 않았어요. 앓는 소리만 나오더군요. 그때부터, 아니 언제부턴지 모르게 말을 못 하게 됐어요. 하지만 마음이 아픈

것에 비하면 그건 아무것도 아니에요. 귀마개에서 들리는 내용에 귀가 솔깃하는 동시에 몹시 괴로웠어요. 자꾸 어머니 생각이 났으니까요. 괴롭다고 귀마개를 뺄 수도 없었어요. 왠지 그러면 어머니를 영영 잃을 것 같았거든요.

귀마개에서는 계속 소리가 났어요. 귀마개를 빼지 않고서는 일상생활이 불가능했고, 귀마개를 뺄 수 없었기에 직장도 그만두고 방에 틀어박혔죠. 정신과에도 가 보고 상담도 받게 됐는데……'

의뢰인은 수화를 멈추고 할 말이 가득 담긴 눈으로 나를 쳐다본다. 그리고 다시 손을 놀린다.

'오로지 핑거라임을 먹었을 때만 귀마개를 끼고 있어도 마음이 아프지 않았어요.'

'핑거라임은 하나의 수단일 뿐입니다. 완벽한 해결책도 아니고. 그러다 나중에 더 괴로워집니다.'

‘상관없어요. 핑거라임만 있으면 어머니 목소리도 계속 듣고, 어쩌면 말을 다시 할 수 있게 될지도 몰라요.’

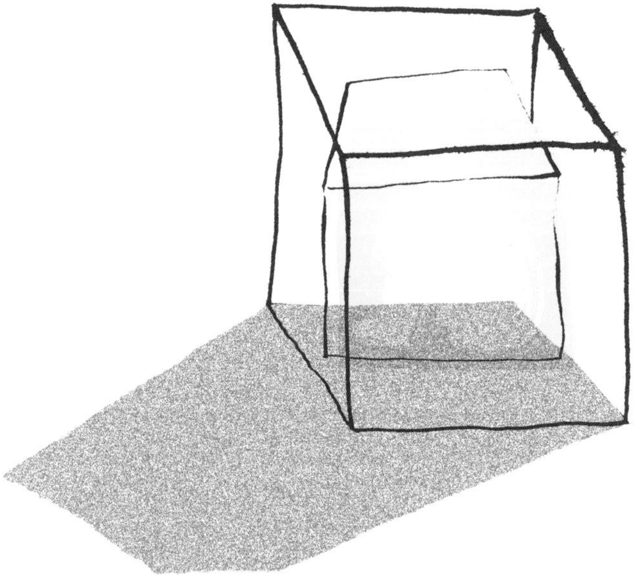

의뢰인의 파일을 다시 검토한다. 이 의뢰인은 이미 최대치인 5회를 채웠고 하도 성화를 해서 지난주에 예외적으로 1회 더 시행한 것이다. 여기서 정답은 내가 더 해 줄 수 있는 게 없다고 말하는 것이다. 이야기를 들어준 것만으로도 그에게 약간의 도움이 되었을 테다. 그런데 귀마개에 관심이 간다. 뭇사람의 상처와 고민을 조용히 들어 주다 보면 때로 머리가 불어 터질 것만 같다. 귀를 항상 막고 다니지는 못하겠지만, 퇴근 후에라도 평화를 즐길 수 있다면 나쁘지 않을 것이다. 지금 내가 하려는 행동은 상담 윤리에 어긋난다. 그러나 이 생각이 나를 멈추기에는 귀마개에 대한 열망이 너무 크다. 이 사람은 내가 담당한 내담자가 아니고 나와 상담을 약속한 것도 아니다. 우리는 거래를 하기로 한다. 나는 내가 쓰려고 남겨 둔 핑거라임을 가져온다. 그리고 호주의 핑거라임 농장 명함을 건넨다. 의뢰인은 당장 핑거라임 알맹이를 입에 털어 넣고, 여분의 귀마개를 주머니에서 꺼내 주더니 잰걸음으로 사무실을 나간다.

나는 귀마개를 귀에 끼운다.

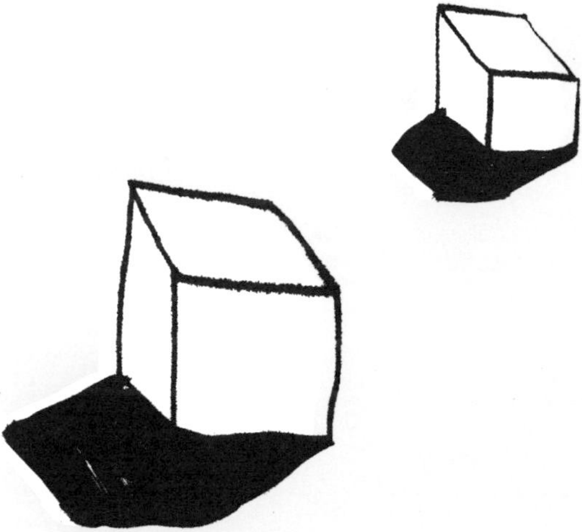

FINGER LIME

Those who come to me for finger lime therapy have more or less dragged through a long list of treatments: psychiatric drugs, cognitive-behavioral therapy, language therapy, art therapy, music therapy, and so forth without much luck. When a client arrives, I let her lie down on a *chaise longue* and blindfold her eyes. A helmet attached to the couch keeps her head immobile. I turn on baroque music; it is known

to alleviate tension in the body and the mind, with its tempo akin to the human heartbeat. Then I calmly explain the gist of finger lime therapy to the client.

Finger lime, *Citrus australasica,* is of the Rutaceae family along with lemon, lime, tangerine, mandarin, yuja, and trifoliate orange, and is a native plant of Australia. It is named after its finger-like shape. Just a tad plumper than human fingers and slightly bent, people say it resembles cucumber. The rind of the fruit is thin, and its pulp is bigger than that of lemons, fleshy and juicy. The pulp, or the pearl is what gives the nickname *caviar lime*. In finger lime therapy, what you do is take one fruit of finger lime, cut it in half, place the pearls into the client's mouth and instruct her to bite. To maximize efficiency, a chin fixture is applied during the therapy. So that once the finger lime goes into her mouth, there is no going back.

The finger lime used in our sessions is a newly cultivated variety with 100 times citric acid, which gives the tangy, sour flavor, and 50 times hesperidin, responsible for the bitterness in citrus fruits. After biting into the finger lime, some people shed tears, others screech with their mouths firmly shut. Most jolt their feet and wildly shake their heads; hence the helmet is necessary to ensure the clients' safety. Finger lime makes people suffer as if they are writhing in pain in a dentist's chair. But the point is: it works wonders. Finger lime therapy was conceived by me and my colleagues to resurrect the faltering will of patients who were increasinly getting bored of long stretches of counseling. Having studied electroconvulsive therapy in the past, I took charge of carrying out the therapy sessions. I arranged to devote my Mondays solely to administering finger lime to clients whom my colleagues referred to me.

My colleagues have reported that only after two sessions of finger lime, the eagerness of the patient and the efficiency of treatment escalates. But its outcome and duration varies – much like counseling does.

To avoid any bias or unfairness, I make it a principle not to administer finger lime to my own clients. Likewise, I do not converse at all with the clients sent to me for finger lime therapy. I give finger lime in an ideal and safe setting to the person who comes to me on Mondays. That is all I do. My colleagues warn their clients beforehand that no counseling is permitted during finger lime therapy. Of course I always try to be courteous and considerate. Any inkling of inner sentiments or confession I cut off immediately, according to professional wisdom.

Finglerlime therapy amounts to no more than eating a fruit. As harmless as any food. When Europeans went to Australia two hundred

years ago, finger lime was a staple of indigenous cuisine. The only problem with finger lime therapy is psychological dependence. There are no withdrawal symptoms like cold sweats, tremor or headache as in nicotine or opium addiction, but anxiety and intense craving occurs. You become convinced that just one more finger lime will dissipate all problems and pain. The sense of liberation, the bliss you feel at the moment you bite a finger lime, is impossible to forget, brief but intense. Such dependence could undermine multiple aspects of psychological care. Once you get used to the taste of finger lime, you yearn for stronger stimulus and bigger pain. The underlying cause is still there, buried underwater. The vicious cycle is fortified. We intend to give temporary shock, not to provide a defense mechanism for dodging the real problem.

Despite our efforts, the hard truth is that

nothing in this world is neither a temporary relief nor a vicious cycle. Doctors know and ignore how many diseases are *treated* just by alleviating symptoms and waiting for them to go away, the direct causes unknown or untreatable. There is no getting around it. Psychological counseling opts for eradicating the root of the cause, but I personally have doubts on how effective it is long-term.

This much is certain. It is merely one way to lessen people's mental burden. All said, counselors should not agonize over their clients' deterioration. Those who do not get better even with finger lime therapy stray from the path of common sense. They warily wander through aromatherapy, homeopathy, astrology, new religious movements, etc. I would do the same in their shoes.

Currently, finger lime therapy is limited to five sessions within one year per person. It

is yet being tested among a small group of psychological counselors including myself. We purchase finger lime from a distinguished farm which had historically supplied finger lime for the British Royal Family. The newly cultivated strain is quite expensive, and for now my colleagues and I are privately funding the purchase. The optimum frequency of administration and maximum dose will be determined after further research. As a matter of fact, so many people visit to ask for more finger lime that I keep my office locked and my secretary opens the door only at the exact time of the appointment. Somehow both of us must have been off guard when this man slipped in.

He can't just barge in here like that. My last client of the day has just left, the weekend is about to start, and I'm in need of some fresh air. Is he one of them – desperately pining for

one more finger lime?

Sweating profusely, he stands in front of me wobbling and writhing his arms, trying to talk with his hands. I recognize him. He was here not long ago. He had lost his ability to speak and hear, so I tried hard to communicate with my rudimentary grasp of sign language. Chances are high that I already treated him with the maximum allowed dose. Whatever he says, I shall give him no more, I say to myself as my eyes involuntarily follow what I don't want to follow: his dancing hands.

"You should consult your psychiatrist, not me. Sorry I can't do anything for you."

He shows no hint of violence, so I put my hand on his shoulder and give a gentle push towards the door.

His hands are saying: "You know sign language well enough."

I give up. We sit down and I focus on his

hands.

"It was too noisy. Always full of noise, the whole world. On the bus: the roar of the engine, people chatting, loud tunes from somebody's earphones. I hated it. At work, not a minute went by without the tappings on computer keyboards, the slurpings of coffee, the clackings of the ball-point pen, the totterings of high heels, the routine exchange of greetings and idle jokes. How normal, how ordinary. Everyone probably ignores them, and that's it. But I just couldn't get it. How could one not be irritated by such noises, such meaningless auditory signals? When a single person ramps up her voice at a café, everyone starts to yell. The struggle to keep your voice louder than others'. To grab attention no matter what. Those intricately calculated theatrical conversations. Words uttered exactly to be

heard even to strangers.

The sounds tormented me. I wanted to pour wax and permanently block my ears. I tried sponge, silicon, even industrial grade earplugs. None of those could completely prevent sounds from penetrating. People listening to music with earphones posed a particular problem. There is always more than one person who keeps playing maximum volume on the bus or on the subway."

There are people who cannot stand the briefest moment of silence. They cannot possibly live without earphones. In their living rooms, the television is never turned off, even after they fall asleep at night. All space should be filled with something. A voice, some music, or whatever noise, even a scream, anything will do. Because emptiness is too much for them. Perhaps in their lives something was

present and then was gone. Perhaps nothing has changed, but they are not content with the status quo and want more and more sound. Or something lurks around that they don't want to come face to face, so they fill the space with noise and look away. They maximize the volume on portable music players in order to drape curtains of music. They let their body flow to the beat of rupturing music at clubs. In noise they are at peace. They can forget who they are.

Others strive to avoid any kind of sound. When they hear a sound, they are gripped by an amorphous fear and their peace of mind is lost. Even tiny sounds stimulate them as much as loud and repulsive noise. For some reason, they can only relax and calm down in the quiet. They feel that every sound threatens their peaceful state. Obsessed with peace of mind, they become too sensitive to approach anything close to peace.

Most often than not, past experience colors one's attitude towards sound and noise.

His story reminds me of a number of past clients. Among them, there is one that stands out most vividly. She was a petite but tough young lady with thick eyebrows and a loud voice. She earnestly believed that the loudest wins on all occasions. It was her principle that you should always speak loudly in order to express your opinion without ambiguity. She held fast to this principle, gathering negative attention at funerals, concert halls, and school meetings. Such incidents never deterred her. Up till then, her loudness had done her far more good than harm. Those who spoke softly and sparingly were an eyesore to her. It was her nine-year-old son who made her pay a visit to me. One day, she saw her boy aligning his teddy bears, dinosaur dolls, and gundam figures in the order of their heights. He grabbed one

of them, whispered some words in its ears, and put it down where it was. And then he took the next one up to his mouth and did it again. It was peculiar. Usually she would start talking to him in her loud voice before moving, but this time she approached him from the back without a word. She could hear what he was saying to the toys. He said: "Shut up."

Wait, what am I doing? My workday ended thirty minutes ago and I am not in charge of this man. I could have merely pretended to listen and then coax him to go home. But I'm getting too worked up with his problem.

I try to break free from my thoughts. Rubbing my temples, I again gaze at his hands.

"And I discovered these earplugs at a trade fair. I bought several pairs, but now there is only one pair left save the one in my ears right now. It utilizes noise-canceling earphone technology

to enhance soundproof capacity. This one actually gets rid of every single sound.

Wearing these, I was able to work like a machine. Since I didn"t acknowledge their presence let alone hear what they said, my bosses and colleagues were initially upset, but before long my unsurpassed performance put a glowing halo on me. The bulk of the work was being done over the in-house instant messenger and e-mail after all. My boss even encouraged wearing earplugs to all of us at the monthly meeting. There was no need to stress out on the bus or on the street.

Two years passed. I was alone at home, wearing the earplugs as usual, and then I heard something. These are earplugs, not earphones! I took them out of my ears, all silence. When I put them back in, I could hear it. If I took them out it won't bother me, except that I was mesmerized by what I was hearing. 'I was

abandoned twice, and each time I came back to life. As soon as I was born, the doctor said I was too weak to survive, and my parents left me more or less on my own in an unheated corner of the room. It was right after the war, when the infant mortality rate soared. Although the doctor's verdict did not extend beyond twenty-four hours, I was still wailing through the next day. My parents finally picked me up and fed me. I received a special name Geum-Soon, a common girl's name that signifies resilient spirit. The second time...' I was hearing this for the first time, but I was sure it was the story of my mother. It always seemed a little strange that she was short and small when all her sisters and brothers were tall. Each of them had only one name and used it, but for some reason they always called my mother Geum-Soon, when her official documents listed another name. My late mother was talking to me. She was saying these

words to me. I opened my mouth. Nothing, not a word came out, only a weak moan. From that moment on, or since who knows when, I was unable to speak. However, that is a trifle compared to my aching heart. I was both fascinated and pained by the words coming from the earplugs. I couldn't help thinking of my mother. If I were to take the earplugs out, it seemed she would be lost to me forever.

The words kept streaming out of the earplugs. I could not live without taking them out, but I couldn't take them out. So I quit my job and stayed home. I've tried seeing a shrink and then counselors......"

He stopped moving his hands and looked at me, his eyes brimming with intent and will. Then his hands articulated.

"Finger lime was the only thing that

subsided my heartache with the earplugs in place."

"Finger lime is merely one of many approaches. It is not a perfect solution. Your problem may exacerbate in the long run."

"That is fine. I won't be able to go on like this. With finger lime, I might keep listening to my mother's voice, and I might be able to speak again."

I review his file. He recently completed five sessions, and on request was allowed one more this past Monday. The right answer here is to say that there is nothing left for me to do for him. I already did him a little favor by listening to his story. Except that the earplugs intrigue me immensely. Listening to people's troubles and worries with feigned composure, sometimes I feel my head is about the explode. There's no point in wearing those earplugs at

work, but it would be nice to have some peace in the evenings. I am about to violate the ethics of my profession. Yet my desire for the earplugs exceeds the righteousness of the code of conduct. Besides, I am not responsible for this man.

We make a deal. I take out the one finger lime that I was saving for myself. And I give him a business card of the Australian farm. The man immediately cuts the finger lime in half, pops the pearls into his mouth, hands me the spare earplugs from his pocket, and hurries out the door.

The earplugs fit snugly.

〈레몬청 만드는 법〉의 배경인 태국 음식점 '자스민'은 실제로 존재하는 공간인가요?

실제로 있습니다. 소박한 맛이 좋아 자주 갔었고 그 공간 역시 좋아했어요. 항상 카운터를 지키는 젊은 남자가 있었고요. 그곳을 자주 떠올리다가 일하는 사람의 눈으로 손님을 보면 어떨까 상상하게 되었어요.

평소에 신맛을 좋아하나요? 레몬차를 마시다가 영감을 받아 소설을 썼는지요?

신맛을 매우 좋아합니다. 쓴맛도 좋아하는 편이고요. 어릴 때는 좋아하지 않았죠. 커피나 맥주의 쓴맛을 삶의 씁쓸함에 비유할 때가 많잖아요? 사춘기 때 그런 걸 알게 되어 신맛, 쓴맛 등 상대적으로 기피되는 맛 자체를 궁금해하고 자주 경험하면서 즐기기 시작했어요.

지금은 레몬을 구하기 쉽고 레몬 음료나 디저트도 흔하지만, 제가 어릴 때에는 그렇지 않았기에 레몬을 아주 특별한 과일로 생각했던 것 같아요. 《작은 아씨들*Little Women*》에 라임이 인상적으로 나오는데, 라임도 쉽게 접할 수 없었죠. 줄곧 레몬이나 라임을 소재로 무언가를 쓰고 싶었습니다. 너무 시어서 괴로운데 동시에 맛있기도 하고, 그런 오묘함이 삶과 닮았다고 생각해요.

〈핑거라임〉을 구상한 계기는? 혹시 핑거라임을 먹어 보았나요?

〈핑거라임〉은 '고통으로 고통을 덮는다'라는 주제로 쓴 세 편의 이야기 중 하나입니다. 라임의 한 종류인 핑거라임을 고통을 유발하는 도구로 설정해 보았어요. 검색하다가 우연히 핑거라임에 관해 알게 되었는데 생김새도, 이름도 재미있고 생소한 과일이라 소재로 썼어요. 나중에 주위 사람들이 핑거라임의 길쭉한 모양이 귀마개와 닮았다, 이름에 '핑거'가 들어가서 손가락으로 귀를 막는 행위가 연상된다고 하더군요. 애석하게도 핑거라임 실물을 본 적은 없습니다. 저도 먹어 보고 싶어요.

〈핑거라임〉에 나온 여러 이야기가 무척 흥미롭고 재미있습니다. 시끄러운 엄마를 둔 아이의 이야기, 소리가 나는 귀마개 등. 록인 작가님의 상상에서 나온 이야기들인가요?

소리가 나는 귀마개는 상상이고, 시끄러운 엄마와 아이 이야기는 과장이라 할 수 있어요. 태어나자마자 버려진 일화는 육이오 전쟁 직후 영아 사망률이 높았던 시기에 실제로 있었던 일이라고 들었어요. 소리로 인한 괴로움은 제 경험에서 나왔습니다. 일기장에 비슷한 내용을 끄적인 적이 있어요.

〈핑거라임〉에 소리에 대해 정반대로 반응하는 두 유형이 나오는데, 록인 작가님은 어느 쪽에 가까운가요?

저는 조용한 환경을 좋아해서 소리를 차단하는 쪽이에요. 경무 작가님은요?

저는 때에 따라 다르지만 대부분 작은 소음이 있는 편을 좋아합니다.

그렇군요. 그런 유형에 대한 소설 속 설명에 설득력이 있었나요?

유형 설명에 공감했습니다. 특히 잠에 들 때 조용한 것을 못 견디는 편이에요. 너무 조용하면 자꾸 쓸데없는 생각을 하게 되고 불안해져 잠을 못 잡니다. 그래서 조곤조곤 말하는 팟캐스트나 명상 음악을 틀어 놓고 자요. "대면하고 싶지 않은 무언가를 외면"한다는 부분이 깊이 와닿았습니다.

저는 어릴 때부터 음악을 좋아했는데 언젠가부터 음악조차 없는 조용함을 자꾸 찾아요. 조곤조곤한 팟캐스트나 명상 음악이라면, 제가 찾아서 틀진 않아도 틀어 놓기에 괜찮을 것 같아요.

두 소설의 주인공은 상대에게 거리감을 두는 성격인 것 같습니다. 제 성격도 그런 편이어서 크게 공감했습니다. 록인 작가님은 어떤가요?

평소에 사람 관찰하는 것을 좋아해요. 직접 다가가지 못하는 대신에 관찰하는 편이에요. 사람은 누구나 다양한 면을 품고 있는데, 잠깐의 교류에서 드러나는 건 단편적일 때가 많으니 다각도로 보고 싶다고 늘 생각해요. 타인이 나의 단면만 보고 판단하지 않기를 바라고요. 다만 관찰만 하면 편안한 구석에 안주하게 된다는 문제가 있어요.

돕고 싶은 마음이 있지만 선뜻 다가가지 못하는 상황에 관

심이 많습니다. 그런 상황들이 너무나 미묘하고, 옳고 그름을 명확히 구분할 수 없어요. 이를테면 누군가가 도움이 필요해 보여서 도와주려고 큰마음 먹고 행동했는데 당사자가 그 행동을 불편해한다든지.

애초부터 장막을 치고 외면하는 것보다는, 그래도 돕고 싶은 마음이라도 있는 편이 더 따뜻하다고 봐요. 왜 다가가지 못할까, 이런 안타까움은 인간의 삶이나 사회에 불가피하게 내재되어 있는 것일까, 이때 스쳐 지나가는 감정들은 어떤 것일까 더 탐구해보고 싶어요.

생애 처음으로 써 본 소설과 그 내용은?

어릴 때 쓴 것들을 제외하고, 처음 쓴 소설의 제목은 '조각'입니다. 연인이 이상향을 꿈꾸다가 한 명이 현실로 돌아가기로 해서 헤어졌어요. 가치관이 다르지만 서로를 그리워하는 내용이에요. 미술 조각품이 등장하고, '조각나서 사라진다'는 모티프가 있어서 제목을 그렇게 지었습니다.

최근 재미있게 읽은 소설은?

최정화의 《흰 도시 이야기》, 그리고 틈날 때마다 다시 읽는 제임스 조이스James Joyce의 《더블린 사람들*Dubliners*》과 폴 오스터Paul Auster의 《폐허의 도시*In the Country of Last Things*》.

현재 준비 중인 작업은?

동물 실험에 관한 짧은 소설, 달걀판에 관한 짧은 소설을 다듬어서 책으로 낼 예정입니다.

이제 그림에 관해 이야기해 볼까요. 삽화의 차분하고 조금은 차가운 느낌이 글과 잘 어울려요. 차가운 느낌을 의도했는지요?

감정이 드러나지 않게 그리려고 했어요. 인물보다는 사물 위주로.

애착이 가거나 유난히 고생한 삽화는?

아무래도 제일 먼저 그린 〈레몬청 만드는 법〉의 '찻주전자와 컵' 삽화에 가장 애착이 갑니다. 이 그림이 잘 풀려서 나머지 삽화들도 쉽게 그려 낼 수 있었어요. 〈핑거라임〉 삽화를 그릴 때는 뒤로 갈수록 감정을 은유적으로 나타내려고 시도해서 좀 어려웠어요. 상자 안에 들어 있는 사람이라든지, 덩그러니 놓인 두 개의 상자, 이런 것들이요.

〈핑거라임〉의 '조용히 해' 삽화는 어떻게 구상했나요?

그 대목이 굉장히 인상적이었고, 스산한 분위기의 그림책 속 한 장면처럼 연출하고 싶었습니다.

스산한 그림책이라니, 제가 아주 좋아하는 것이에요.

원래 텍스트는 아이가 인형을 들어 올리는 것이었는데, 저는 아이가 자세를 낮춰 인형에게 속삭이는 모습으로 그렸습니다. 그런데 그림에 맞게 텍스트를 변경한다고 하셔서 감사했어요.

맞아요. 삽화처럼 행동하는 것이 아이의 성격에 가깝다는 걸 깨닫고, 아이가 몸을 구부려 속삭이는 것으로 수정했습니다. 삽화 덕분에 텍스트의 개연성을 다시 검토한 재미난 경

험이었어요.

〈핑거라임〉의 '수화' 삽화는 어떻게 그렸나요?

'시끄럽다'에 해당하는 실제 수화를 그리고 싶어서 수화 동영상 사전도 찾아봤는데 실제 의미를 담은 동작으로 이미지를 만들기가 어려웠어요. 그래서 포기하고 제 손을 움직여 마음에 드는 손 모양들을 조합했어요.

록인 작가님은 어느 삽화가 가장 인상적이었나요?

인상적인 그림이 많지만 〈핑거라임〉에서 굳이 고르자면, '상자 안에 있는 사람' 삽화입니다.

귀마개를 끼고 핑거라임도 먹는 내담자가 꼭 이중으로 갇힌 사람 같았습니다. 사실 이 상자 안에 무엇을 넣을지 고민이 많았어요. 내담자와 어머니가 서로 껴안고 있는 모습도 생각했었는데 결국 웅크리고 있는 내담자의 모습으로 그렸네요.

제 글을 두고 고민 많이 해 주셔서 무척 감사합니다.

제 작업 주제는 주로 자기 자신에 관한 것이거든요. 평소에 느낀 것, 직접 경험한 것들이요. 주인공은 대개 제 분신이고요. 그래서 다른 사람이 쓴 글에 그림을 그리는 일이 새롭고 또 어렵기도 했어요. 생각을 정리하기 위해 소설에 대한 감상문을 따로 쓰기도 했어요.

경무 작가님의 전작 《불에서 나온 사람》《불안을 걷다》〈메아리〉〈심연〉 등을 보고, 감정을 직설적으로 표현하지 않고 주변 사물과 풍경을 통해 보여 주는 방식이 문학과 맞닿

아 있다고 생각했습니다. 이런 방식을 선호하는 이유가 있는지요?

실제 제 성격은 감정이 1차원적으로 얼굴에 다 드러나는 편인데 작업은 그렇지 않다는 게 재미있네요. 제가 은유적으로 생각하는 것을 좋아합니다. 평소 말할 때도 속담을 인용하듯이 상황을 다른 대상에 빗대어 얘기하는 편이고요. 그런 습관이 작업에 반영되는 것 같아요.

좋아하는 글이나 미술 작품은?

줌파 라히리Jhumpa Lahiri의 《이 작은 책은 언제나 나보다 크다*In altre parole*》에 실린 단편 소설 중 〈변화*Lo scambio*〉가 지금 막 떠오르네요. 자신이 느끼는 감정을 검은 스웨터에 빗대어 표현한 부분이 인상적이었고, 저도 이런 이야기를 쓰고 싶다는 생각이 드는 소설이었어요.

그림은 선호하는 화풍이 정해져 있지 않지만, 작가의 메시지가 잘 전달되는 쪽을 좋아합니다. 대체 무엇을 말하는지 모르겠다 싶은 그림은 마음이 안 가더라고요. 그런데 이건 개인의 취향 문제이기도 하네요.

〈레몬청 만드는 법〉의 '열세 잔' 삽화를 구상한 계기는?

처음에 손과 머리를 푼다고 생각하고 아무거나 그려 봤어요. '레몬차 열세 잔? 그럼 컵 열세 개를 그려 보자.' 그러고 나서 시간의 흐름을 넣고 싶어서 그림자를 넣었고요. 뜨거운 음료를 마시는 데 적합하도록 컵에 손잡이를 달 수도 있었는데, 그런 디테일이 주제를 표현하는 데 방해가 돼서 관념적인

컵을 그렸어요.

이 책의 삽화에서 반듯하지 않고 굵기가 일정하지 않은 선이 무척 매력적이에요. 선에서 힘도 느껴지고요.

잉크와 리드펜을 사용해서 선을 그렸습니다. 속 빈 갈대 혹은 가느다란 대나무로 만든 펜인데, 잉크의 양을 조절할 수 없는 게 가장 큰 매력이에요. 리드펜의 예측 불가능한 특성이 소설과 잘 어울린다고 생각했어요.

불균일하게 번지기도 해서 불안함도 느껴지고, 한편으로는 자신감과 의지도 스며 나와요.

예쁘고 반듯한 선을 그리고 있으면 제 개성이 사라지는 느낌이 듭니다. 그래서 선을 한 번에 휙 그려 내다 보니 자신감 혹은 힘이 느껴지나 봅니다.

작업 중인 다음 작품은?

지금 당장 구상 중인 것은 다른 작가들과 함께하는 합작 만화입니다. 여성주의 이야기예요. 이전에는 제가 겪은 일을 은유적으로 표현하는 작업을 주로 했다면 이번에 하는 작업은 좀 직설적인 내용이에요. 그래서인지 영화나 드라마 각본을 쓰는 느낌이 듭니다.

이번에는 인물과 대화 비중이 늘어나나요?

대사는 많지 않지만, 현실 세계에 있는 인물이에요. 이전 작업들은 그렇지 않았죠. 《불에서 나온 사람》은 확실히 비현실적이고, 《불안을 걷다》에서도 주인공과 닮은 인물이 귀신인지 실제인지 주인공의 망상인지 헷갈리고요. 〈메아리〉

는 티베트가 배경이어서 주인공이 우리 주위에서 쉽게 보이는 인물은 아니었어요. 이번 작업은 아주 한국다운 배경과 인물입니다.

꾸준히 혹은 진지하게 그림을 그리기 시작한 계기가 있었는지요? 언제 그림을 그리고 싶어지나요?

직장에 다니면서 취미로 화실을 꾸준히 다녔어요. 모사하는 것이 아니라 이야기를 넣는 작업은 《불에서 나온 사람》을 만들면서부터 본격적으로 시작했죠. 당시 건강이 크게 나빠지면서 겪었던 감정들을 그리고 싶다는 열망이 있었어요. 이처럼 제 감정이 심하게 요동칠 때 평정심을 되찾기 위해 그림을 그립니다. 그림이 감정을 해소하는 창구인 셈이네요.

앞으로 어떤 그림을 그리고 싶은가요?

잘 그리려고 하지 않았지만 잘 그린 그림을 그리고 싶어요. 수없이 많이 그리고, 많이 생각해야 할 것 같아요. 꾸준히 노력하면 그렇게 될 수 있으리라 생각합니다.

- 2019년 11월

레몬청 만드는 법 / 핑거라임
LEMON TEA / FINGER LIME

글 김록인
그림 노경무
교정(한) 다미안
교정(영) Iris Dahl
디자인 권미주
자문 이하규, 에디시옹 장물랭, 채송이, 유진원, 메마른 대지의 독자

초판 1쇄 펴낸날 2020년 6월 30일
펴낸곳 바다는기다란섬 | 출판등록 제2017-000010호
전화 070-7568-7324 | 팩스 031-8038-4432
주소 경기도 성남시 분당구 판교원로82번길 30, 1310-803
이메일 mare.insula.longa@gmail.com
인스타그램 @insula.longa | 홈페이지 insula-longa.com
ISBN 979-11-961389-2-9 02810
Printed in Korea

 이 도서의 국립중앙도서관 출판예정도서목록(CIP)은 서지정보유통지원시스템 홈페이지(http://seoji.nl.go.kr)와 국가자료공동목록시스템(http://www.nl.go.kr/kolisnet)에서 이용하실 수 있습니다. (CIP제어번호: CIP2020018015)